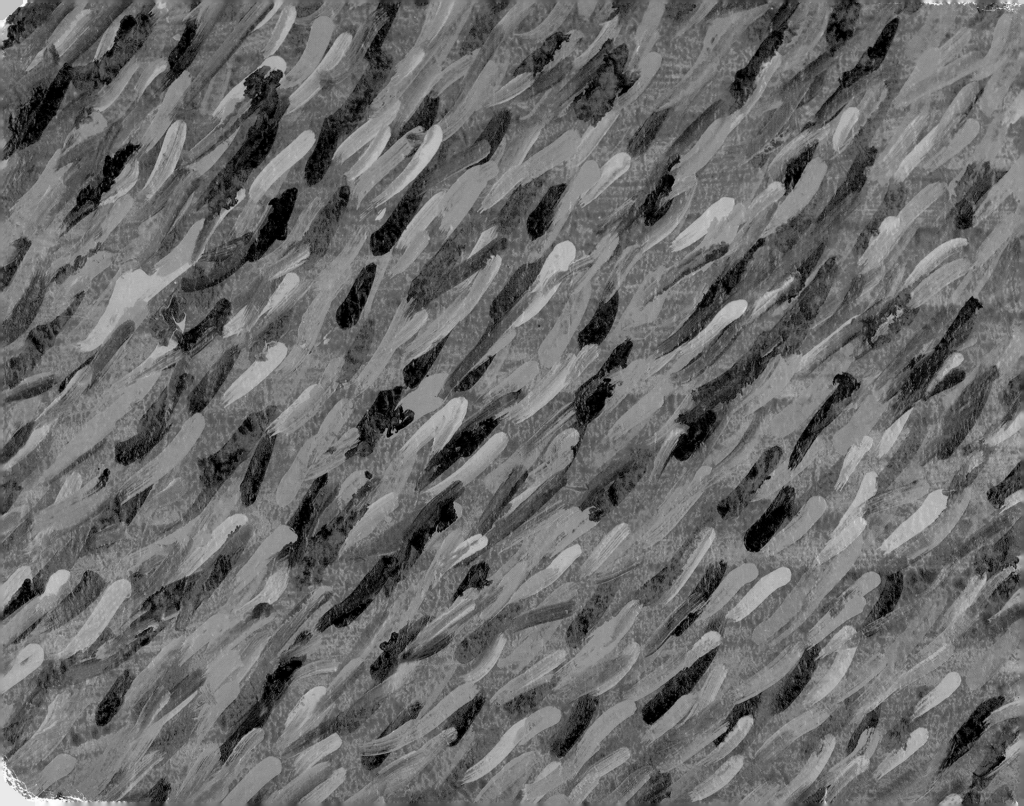

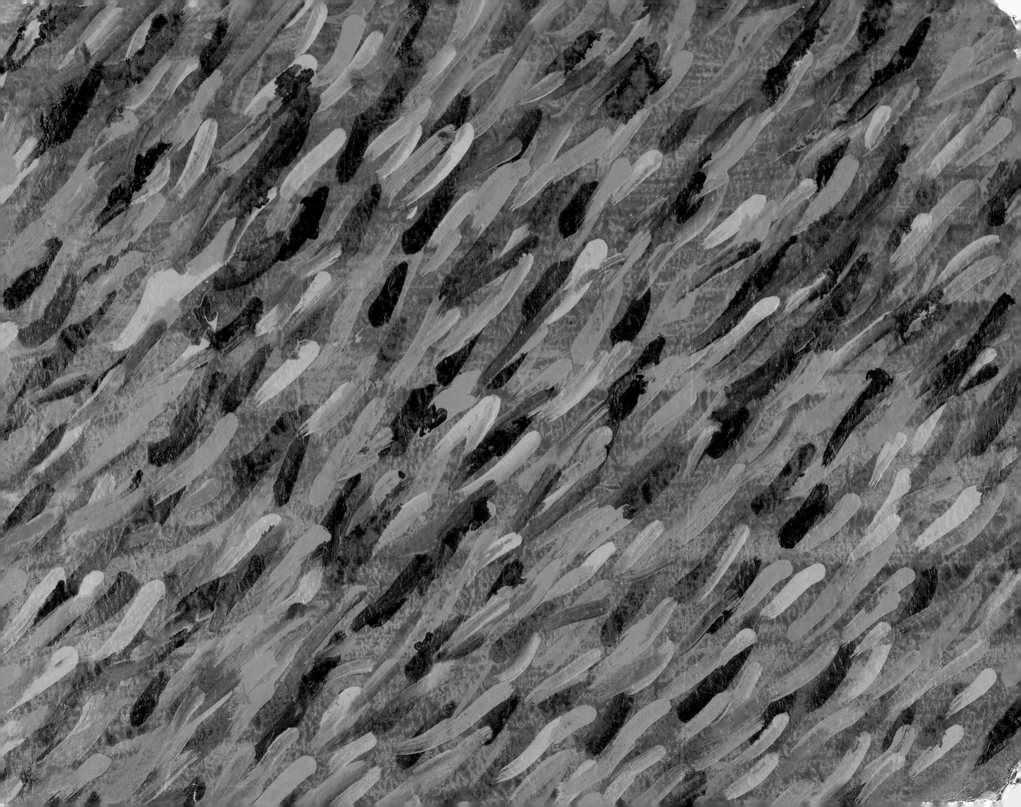

A Fred Rogers

¿EL CANGURO

Ann Beneduce, consultora editorial

El autor y la editorial agradecen los consejos y comentarios de Wendy Worth, curadora de Pájaros y Pequeños Mamíferos, Zoo Atlanta, Atlanta, Georgia.

Eric Carle's name and signature logotype are trademarks of Eric Carle.

Rayo es una rama de HarperCollins Publishers.

Library of Congress Cataloging-in-Publication Data
Carle, Eric.
[Does a kangaroo have a mother, too? Spanish]
El canguro tiene Mamá? / por Eric Carle ; traducción de Teresa Mlawer.
p.   cm.
Summary: Presents the names of animal babies, parents, and groups; for example, a baby kangaroo is a joey, its mother is a flyer, its father is a boomer, and a group of kangaroos is a troop, mob, or herd.
ISBN 978-0-06-001110-9 (trade bdg.) — ISBN 978-0-06-001111-6 (pbk.)
1. Animals—Infancy—Juvenile literature. [1. Animals—Infancy. 2. Spanish language materials.] I. Mlawer, Teresa.
QL763.C3718 2002   2001051545
591.3'9—dc21   CIP
                                                                    AC
❖

La edición original en inglés de este libro fue publicada por HarperCollins Publishers en 2000.

TIENE MAMÁ?

Por Eric Carle

Traducción de Teresa Mlawer

rayo

Una rama de HarperCollinsPublishers

¡Sí!

El **CANGURO** tiene mamá,

como tú y como yo, ¡igual!

¿El león tiene mamá?

¡Sí!
El **LEÓN** tiene mamá,
como tú y como yo, ¡igual!

Y la jirafa, ¿tiene mamá?

¡Sí!
La **JIRAFA** tiene mamá,
como tú y como yo, ¡igual!

¿*El pingüino tiene mamá?*

¡Sí!
El **PINGÜINO** tiene mamá,
como tú y como yo, ¡igual!

Y el cisne, ¿tiene mamá?

¡Sí!
El **CISNE** tiene mamá,
como tú y como yo, ¡igual!

¿El zorro tiene mamá?

¡Sí!
El **ZORRO** tiene mamá,
como tú y como yo, ¡igual!

Y el delfín, ¿tiene mamá?

¡Sí!
El **DELFÍN** tiene mamá,
como tú y como yo, ¡igual!

¿El cordero tiene mamá?

¡Sí!
El **CORDERO** tiene mamá,
como tú y como yo, ¡igual!

Y el oso, ¿tiene mamá?

¡Sí!
El **OSO** tiene mamá,
como tú y como yo, ¡igual!

¿El elefante tiene mamá?

¡Sí!
El **MONO** tiene mamá,
como tú y como yo, ¡igual!

¿Y todas las mamás quieren a sus hijitos?

¡Sí! ¡Sí! Por supuesto que sí.

Todas las mamás quieren a sus hijitos,
igual que la tuya te quiere a ti.

¿Sabes qué nombre reciben los padres, las crías y los grupos de animales que aparecen en este libro?

Canguro: El bebé canguro es una **cría**. Su mamá es una **hembra** y su papá es un **macho**. Un grupo de canguros recibe el nombre de grupo o **manada**.

León: El bebé león es un **cachorro**. Su mamá es una **leona** y su papá es un **león**. Un grupo de leones forma una **manada**.

Jirafa: El bebé jirafa es una **cría**. Su mamá es una **hembra** y su papá es un **macho**. Un grupo de jirafas es una **manada**.

Pingüino: El bebé pingüino es un **polluelo**. Su mamá es una **hembra** y su papá es un **macho**. Un grupo de pingüinos forma una **colonia**.

Cisne: El bebé cisne es un **polluelo**. Su mamá es una **hembra** y su papá es un **macho**. Un grupo de cisnes es una **bandada**.

Zorro: El bebé zorro es un **cachorro** o **cría**. Su mamá es una **zorra** o **raposa** y su papá es un **zorro** o **raposo**. Un conjunto de zorros es un **grupo**.

Delfín: El bebé delfín es una **cría**. Su mamá es una **hembra** y su papá es un **macho**. Un conjunto de delfines es un **grupo**.

Oveja: El bebé oveja es un **cordero**. Su mamá es una **oveja** y su papá es un **carnero**. Un grupo de ovejas es un **rebaño**.

Oso: El bebé oso es un **osezno**. Su mamá es una **hembra** y su papá es un **macho**. Un conjunto de osos es un **grupo**.

Elefante: El bebé elefante es una **cría**. Su mamá es una **hembra** y su papá es un **macho**. Un grupo de elefantes es una **manada**.

Mono: El bebé mono es un **bebé** o **cría**. Su mamá es una **madre** o **hembra** y su papá es un **padre** o **macho**. Un grupo de monos es una **tribu**.

Ciervo: El bebé ciervo es un **cervato** o **gabato**. Su mamá es una **cierva** o **hembra** y su papá es un **ciervo** o **macho**. Un grupo de ciervos es un **rebaño**.

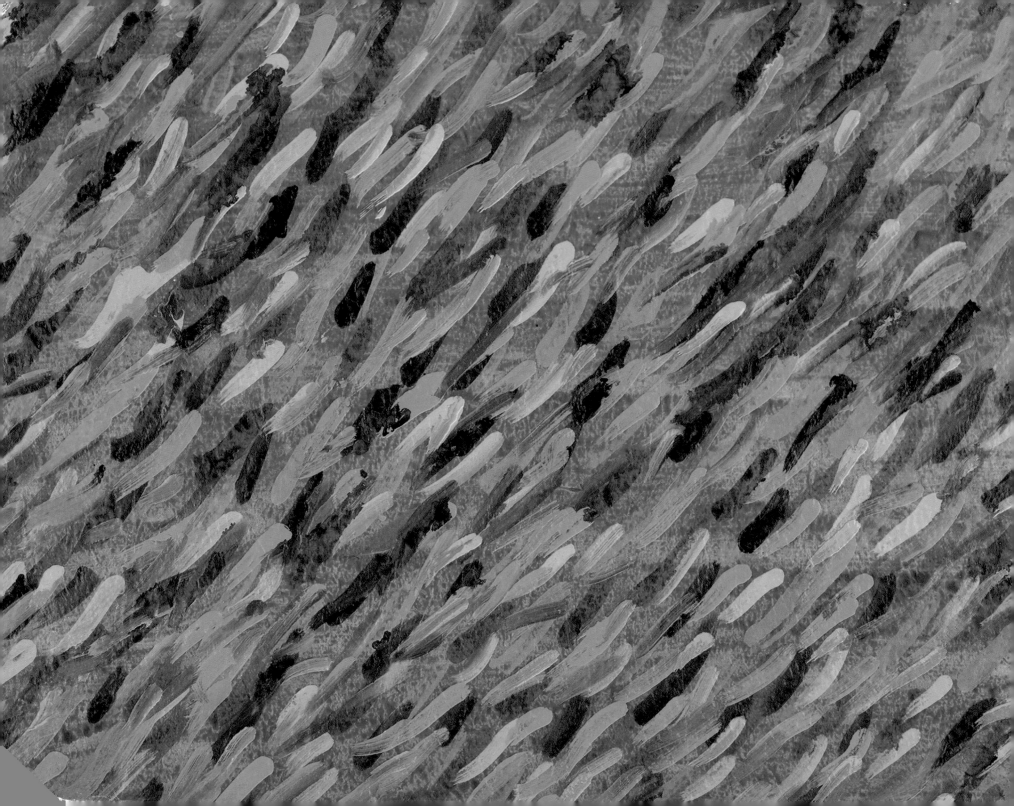

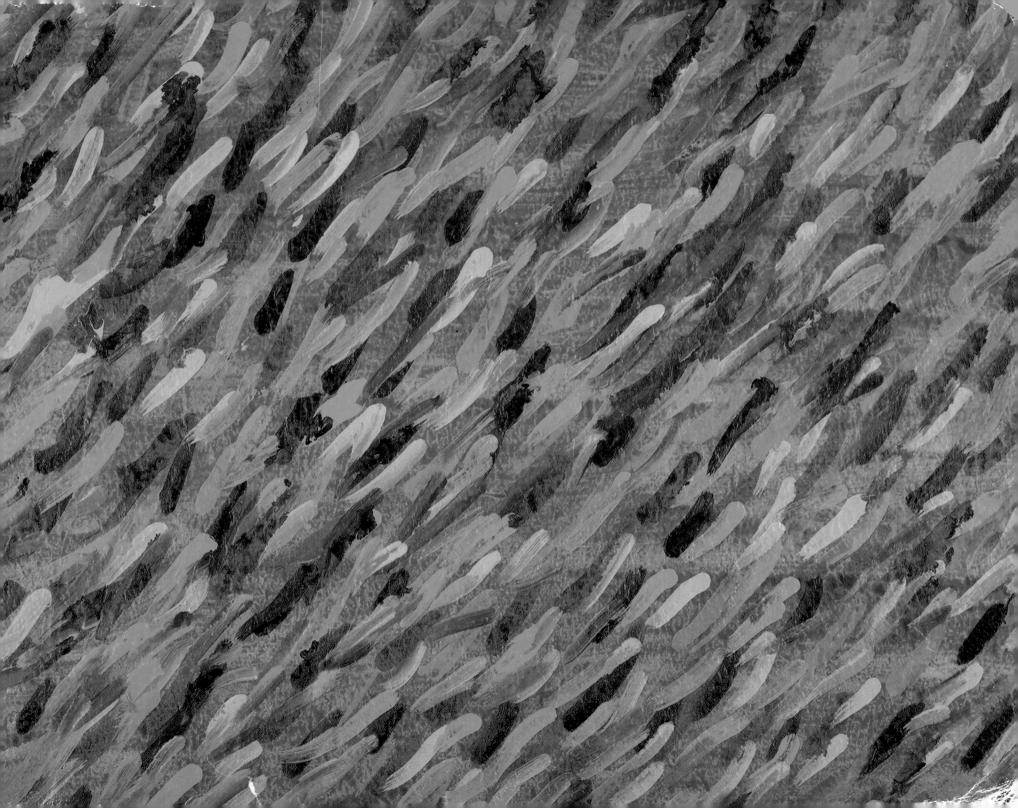